우리 서로
사랑한다는 말을
하고 싶을 때

우리 서로 사랑한다는 말을 하고 싶을 때

글 김미경   그림 배성기
펴낸이 최병섭   **펴낸곳** 이가출판사
초판 1쇄 발행 2024년 8월 14일
출판등록 1987년 11월 23일
주소 서울시 영등포구 도신로 51길 4
대표전화 02)716-3767   **팩시밀리** 02)716-3768
E-mail ega11@hanmail.net
정가 15,000원
ISBN 978-89-7547-132-2 (03810)

우리 서로
사랑한다는 말을
하고 싶을 때

글 ㅡ 김미경   그림 ㅡ 배성기

이가출판사

누군가 왜 시를 쓰고 있는지 묻는다면 한참을 생각해도 정확한 답을 내놓기 힘듭니다. 칭찬을 많이 들어 우쭐해서도 아니고 꼭 써야 하는 당위성이 있는 것도 아닙니다. 그런데도 작은 단어 하나에 밤잠을 설치며 고뇌하는 이 떨림은 무슨 의미일까요?

날아가는 새를 보면 늘 마음이 설렙니다. 작은 새가 파닥이며 날갯짓하다 하늘로 오르는 대견한 모습은 어린 시절에도 그러했고 지금도 가슴을 뛰게 합니다. 아마도 늘 바라만 보던 그 새가 되어 보고 싶은 마음에 움직여 보기 시작했는지도 모릅니다. 마치 숙제를 막 끝낸 어린아이가 이제는 맘껏 다 가지고 놀아도 된다는 허락을 받은 듯 저는 그렇게 세상을 하나하나 만져보며 껴안아 보며 나이를 먹어 가야 할 듯합니다.

더 이상 토해 낼 것이 없는 그 어느 날이 되면
정말로 새가 되어 날 수 있지 않을까요?

그림으로 책을 빛내 주신 배성기 박사님께
무한한 사랑을 보내고 글 쓰는 데 도움을 주신
김영신 원장님, 이가출판사 최병섭 대표님께
감사의 인사를 드립니다.

contents

| 1장 |
인생은 신의 선물입니다

| 2장 |
당신을 사랑하기 때문입니다

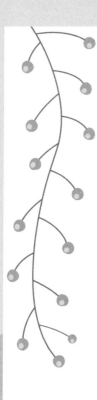

| 3장 |
자연은 우리의 인연입니다

| 4장 |
당신의 사랑으로 남고 싶습니다

1장

인생은
신의 선물입니다

삶이란

어디까지 갈 수 있을까?
태양도 별도 침묵입니다.

짧은 인연은
긴 도포 자락처럼
휘날리지만

붙들어 맨
소의 눈동자에 비친
고단한 내 모습은
편도 승차권 한 장
달랑 들고
종착역을 향해
걷고 있습니다.

열 살 때
마냥 즐거웠던
그 길입니다.

짧은 인연은 긴 도포 자락처럼…

어떻게 살 것인가?

하늘의 마음을 따르면
하늘이 됩니다.

나무의 마음을 따르면
나무가 됩니다.

흙의 마음을 따르면
흙이 됩니다.

하늘도
나무도
땅도
그렇게 살고 싶은
저의 마음입니다.

어떻게 살고 싶은지 물으신다면
나도 그 마음들을 따르겠다고
말씀드리겠습니다.

나무의 마음을 따르면
나무가 됩니다

무시무종

시작도 없고
끝도 없다면
나는 누구인가?

시간 속으로
한참 걷다 보면
시간이 없어지나?

올리브 씨앗의
수억 년 전설과
끊임없이 이어지는
탄생의 바다
한가운데에
어제도 본 달님이
어깨를 드리운다.

시작은 없어도
아름답고
끝은 없어도
아쉽지 않다.

끊임없이 이어지는
탄생의 바다

인연

서로
맞닿아 있다.

시작되기도
끊어지기도
또 이어지기도

물만 줬을 뿐인데
꽃대가 올라오듯

세월은
그저 그 인연을
정들게 하네

나 그리고 우리

나는 해바라기
투명한 장막을 걷고
강렬한 아를의 노란빛은
온통 거리를 메운다.

나는 언덕
보라색 붓꽃과
푸르른 삼나무를 초대해
작은 마을로 안내한다.

나는 신발
진지한 삶의 피곤함을
툭툭 털어내며
묵은 끈을 풀어본다.

우리는
하늘 아래 세상
그렇게 우리는 숨을 쉰다.

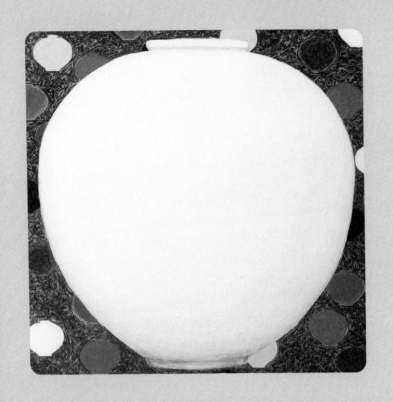

하늘 아래 세상
그렇게 우리는 숨을 쉰다

미운 오리새끼

삶은
외로움의 연속이니
울지마라.

먼동이 트기 전
깃털에 내려앉은
이슬이
너를 슬프게 해도

뱃고동 소리에
놀란 바닷물이
너를 비추어도

바람이 나뭇가지를
훔쳐가
너를 힘들게 해도

눈부신 비상이
널 기다리고 있다.

아름다움은 세상을
뒤흔들 것이다.

함께 날 준비가 되었느냐?

소유

산이
나를 본다.
달도
태양도

오래 오르려 했던
산등성이에
세상 여기저기
드리워 놓았던
추억들을
남겨놓고

사라지는 슬픔을
공유해도 되는지?

함께했던 시간을
기억할 수 있을지?

나를 소유했던
기억들

결국
그들이
소유한 것이다.

세상이
날 소유했던 것이다.

오늘 슬퍼도

어제는 조금 슬펐고
오늘은 조금 웃었고
내일은 웃을 일이
많아질 것 같고

어제는 섭섭했고
오늘은 더 속상하지만
내일은 덜 속상할 걸 알기에

오늘
기뻐도
오늘
많이 슬퍼도
잔잔한 노래면
충분하리

바람에
머리카락이
살짝 날릴 만큼만
행복하리

어둑해지면
남이
눈치채지
못할 만큼만
눈물을 보이리

세월

출렁이고 떠다니다 보면
항구가 되고

잠시 머물다 보면
너무 멀리 와 있다.

그들은
깊은 생채기에도
그대로인데

어제의 어부가
나였음을
알려고 하지 않는다.

깊은 후회는
또 다른 항구를 만들고

나는
오늘도 낚싯대를 드리우는
어부가 되어 있다.

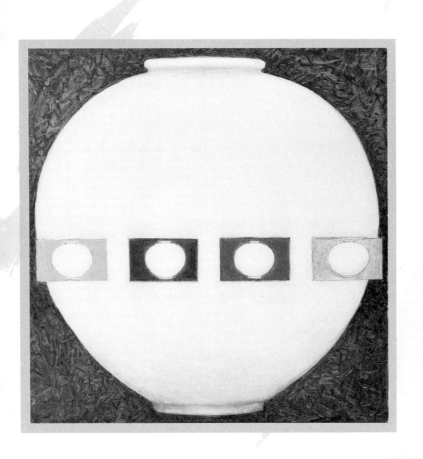

선문답

왜
태양은
서쪽으로 지나요?

낮에는
내 님이
기다립니다.

왜
인생은
고통의 연속인가요?

뜰에 핀
장미가 아름답습니다.

신은 존재하나요?

차 한잔 하시죠

인생은 고통의 연속인가요?

울음이 먼저인 이유

자궁 속에서 태어나
세상 구경을 시작했을 때도
울음이 먼저였습니다.

웃음도 후회도
내 것이 아닌 것을
알게 되었을 때도
울음이 먼저였습니다.

세상의 품에 안겨
웃음이 나중 되어
감사를 알게 되었을 때도

타인의 목줄을 타고
마법의 지팡이를 타고
날아다닐 때도
울음이 먼저였습니다.

세월을 이겨낸
주름이 파인 울음이
웃음보다 먼저인 이유를
나중에야 알게 되었습니다.

푸념

발을 헛디뎌 넘어졌다.
길을 살피기 시작했다.
구덩이는 없는지
계단 끝은 어딘지
걷는 게 느려졌다.

고것 봐라.
노인네들이 느리게 걷는다고 답답해하더니
너도 별수가 없지
눈이 침침해졌나?

아! 어차피 한세상
빨리 간들 뭐 그리 볼 게 더 있겠어?
보이는 만큼만 보고
안 들리면 가까이 다가가지

괜찮아
괜찮고말고

날씨는 더워지고
밤은 깊어지는데

한세상 잘 놀다 가면 그만인 것을…

일방통행

길이 없는 건
아니잖아

선택의 고민도
필요 없어

너무 멀리 와서
돌아갈 수 없긴 해

고민하지마
계속 가는 거야

그냥
가는 거야

고민하지마 **계속** 가는 거야

나그네

흐르는
세월

지나간
세월

그리워하는
우리는
나그네

그리워하는

우리는 나그네

SK BAE

황혼

방음이 된 스튜디오
묵직한 문 열고 나서면
갑자기 깜깜해진 바깥 모습
벌써 시간이 이렇게 되었나
인생의 황혼도
이렇게 찾아오려나

품어 줄 곳 찾아 떠나는
우리네 인생
엄마 자궁 속으로
해가 뜰 때도
붉은 기운인데
뉘엿뉘엿 질 때도
검 붉은 것은

生과 死가
같은 것이라서 그럴까?

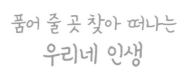

품어 줄 곳 찾아 떠나는
우리네 인생

고도를 기다리며

우리는 늘 기다리고 있다.
신이 작다고 불평하는 고고도
종종걸음 하던 말이 많은 디디도

할 수 있는 것은 아무것도 없어
그저 기다릴 뿐
양치기가
내일 온다고 한 말을 믿는다.

나무는 덩그러니 키만 훌쩍 크고
도시는 황량하다.

어느 날 우리는 태어났고
어느 날 죽을 것이다.

눈 깜작 할 사이
빛이 비치고
또다시 곧 밤이 되는 거다.

무얼 기다리고 있나?
고도는 누구인가?
기다리다 지치면
우리는 이렇게 말할지 모른다.

기다리기 때문에
우리가 존재 하는 거야
기다림이 곧 우리의 희망이야

우리는 늘 기다리고 있다.

신의 선물

인생은
눈물의 산입니다.

살기 힘들어
한 방울
떠나보내며
한 방울

켜켜이 쌓여
골짜기 되고
상처는 아물어
언덕이 되었습니다.

가도 가도
끝이 없을 줄 알았던
세월은
견딜 만했습니다.

어제는
아픔의 손님
오늘은
고뇌의 손님

보내준 시련은
신의 선물이었습니다.

보내준 손님은
아름다운 산이
되었습니다.

모퉁이

한 발짝만 더

저 모퉁이를 돌면
따뜻한 위로가
있지 않을까?

가 보자
더도 덜도 말고
한 발짝만 더

저만치
날 기다리는
모퉁이

가 보자
더도 덜도 말고 한 발짝만 더

만두

화음에서
윗소리보다
만두소 같은
내성이
색을 만든다.

살짝 비추는
붉은빛은
해초 내음 가득한
새우일 것이고
터져 나올 듯
울퉁불퉁함은
고기와 채소의 유혹일 듯

나의 만두는
60년 동안
무엇으로 빚어졌나?

지침과 서러움의 반죽인지
행복한 기다림의 버무림인지

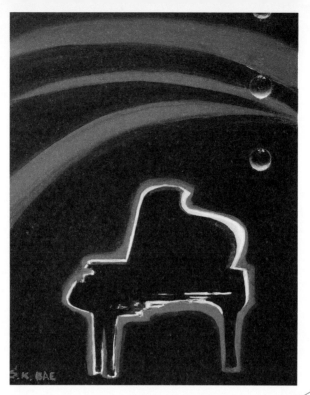

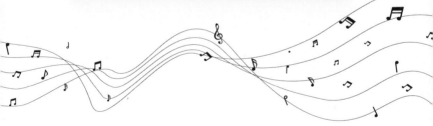

어느덧
만두피는 익어가는데
덧없이
속 타령하는구나!

2장

당신을
사랑하기 때문입니다

함께

마당에 떨어지는
빗소리를
함께 듣고 싶습니다.

청둥오리 거니는
푸른 잔디를
함께 걷고 싶습니다.

큰 돛단배에
사계절을 싣고
함께 떠나고 싶습니다.

수평선 저 끝 어디쯤
세월을 숨겨놓고 바다만 바라보며
함께 살고 싶습니다.

그렇게
천년만년 살고 싶습니다.
당신과 함께…

함께 걷고 싶습니다

천·년·만·년

마중

설렘에
밤잠을 설쳤습니다.

행여
해님이 질투할까
달님과 가겠습니다.

행여
어둠에
길을 잃으실까
초롱불이 되겠습니다.

달님과 함께
마중 나가겠습니다

행여
먼 곳에서
못 알아보실까
가슴에 별을 달겠습니다.

볕이 잘 드는 곳에
나뭇잎으로 우산이 되고
온몸으로 눈 녹이며
그렇게
나무가 되어
서 있겠습니다.

마지막 사랑

방금 떠나야 할 것 같은
이방인으로 우리는 만났습니다.

온몸으로 흐르는
이 사랑의 기운이
중력을 거스른 채
영원할 수는 없을까.

붉은빛의
섬광이 다하는 어느 날
끝이 아름답게 스칩니다.

빗속을 적시는
따스한 햇살을 맞으며
한 송이 꽃으로 남고 싶습니다.

당신의 마지막 사랑으로
남고 싶습니다.

당신의 **마지막 사랑**으로
남고 싶습니다

돌아오겠다는 약속

선착장 옆 작은 마을에
어미와 아들이
살고 있었습니다.

어느 날 아들은 성공하면
돌아오겠다고 약속하며
훌쩍 떠나버렸습니다.

문밖 인기척에
아들인가 싶어 내다보고
뱃고동 소리에
도착했다는 편지인 양
달려갑니다.

오르막길의 하얀 눈은
가슴으로 쓸어 담고
쏟아지는 빗물에
우산을 들고
마을 어귀까지 나가 봅니다.

어느덧
눈멀고 귀먹은 어미는
오늘도 가지고 있는
모든 것들을 내어놓습니다.

돌아오겠다는 그 약속이
오롯이 가질 수 있는
희망의 전부이기 때문입니다.

돌아오겠다는 그 약속이
살아가는 유일한
이유이기 때문입니다.

당신을
사랑하게 되었습니다

당신을
사랑하게 되었습니다.

아픔을
알게 되었습니다.

잃고 싶지 않은 아픔이
감추고 싶은

저의
또 다른 사랑이 되었습니다.

그리움

너의 숨결이
살갗에 스친다.

꿈속인 듯 너는 늘 그렇게
내게 다가온다.

내가 너에게 가고 싶은 만큼
내가 너를 만지고 싶은 만큼

나의 사랑으로
너의 형상이 녹아내리기에
오늘도 내일도 네가 그립다.

우리가 이별한 게
아니라는 것을
한참 지난 후에야
알게 되었다.

오늘도 내일도
그립습니다

당신이...

S. K. BAE

뒤돌아보다

달리는 말에서
뒤돌아본다.

행여 뒤처진 내 영혼이
저만치 왔을까 해서

혹시 놓친 마음이
저 구석에 있을까 해서

손에 쥐가 나도록
움켜쥔 고삐를
놓을 즈음

너는 내가 되고
나는 네가 된다.

다시
안장에 오르려는
너는
뒤돌아본다.

아마도
내가 거기서
너를 기다리고
있을까 봐서…

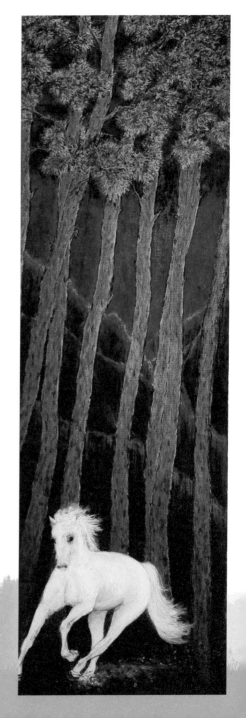

보내지 않으리

빗소리에
울음 숨기고 싶네

스치는 바람에
눈물자국 지우고 싶네

세월 속에
아픔을 보내고 싶네

그런데
그 세월이 내 님을 데려간다면

그 아픔
붙들고 있으리

내 님을
보내지 않으리

스치는 바람에
눈물자국 지우고 싶네

첫사랑의 기억

꽃잎이
떨어지니
가엾어
쓸지 못하고

첫사랑의
기억은
애처로워
지울 수 없네!

어느 사랑

긴 세월을 돌아
지구를 함께 걷고 있습니다.
아침에도 그립고
손을 잡고 있는 이 순간에도
그립습니다.

이렇게 그리워하는 까닭은
태고에 헤어졌던 슬픔이
다시 이어져
겨울이 오고 다시 봄이 와도
계속될 것 같은 안타까움
때문입니다.

늘 제가 먼저라고 하셨죠.
마지막에는 제가 나중 되겠습니다.

기대어 울 수 있는 그대를 위해
제가 옷깃을 여미고
든든히 서 있겠습니다.

다시 헤어지는 아픔이 엄습해도
늘 그랬듯이
어딘가 햇빛 잘 드는 곳에서
기다리겠습니다.

가을이 오고
다시 겨울이 와도…

궁금하지 않습니다

창호문에 침을 발라
구멍으로 보고 싶은 것이
있었습니다.

저 산 너머 있을
봄의 그리움은 언제일지
하얀 눈밭 속
내게로 향한
발자국은 누구인지

그런 기다림이
그런 아쉬움이

이제 궁금하지 않습니다.

온통 당신으로 채워져
아무것도
궁금하지 않습니다.

고약한 놈

눈부셔도
안보이고
어둑어둑해도
안 보이는

설명할 수도 없고
만져지지도 않는

고약한 이놈의
사랑!

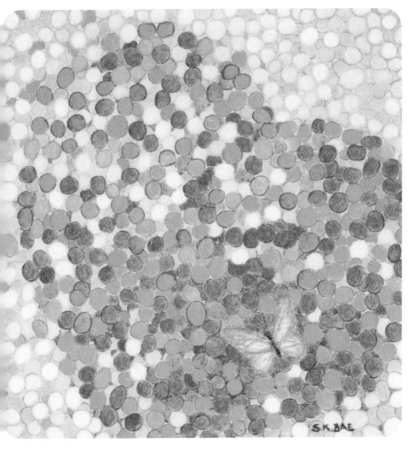

S.K.BAE

고약한 이놈의
사랑!

약속 때문에

길은 어두워지고
다리는 아파지는데
무얼 기다리며
서 있는가?

가도 가도 끝이 없는
이 먼 길을
무얼 붙들고
가고 있는가?

봄이 온다는
꽃이 핀다는
내일이 온다는
그 약속 때문에

그대를
만날 수 있다는
그 약속 때문에…

사랑의 약속 지키고 있나요

S.K. BAE

의자

당신을
기다립니다.
당신을
떠받칩니다.

당신을
존경하게 되었습니다.
당신을
사랑하게 되었습니다.

당신의 작은 스침에도
전율을 느낍니다.

결국
당신을 안아버렸습니다.

3장

자연은
우리의 인연입니다

선착장

강을 건넙니다.

잠도 좀 자고
낚시질도 하면서
쉬엄쉬엄 가고 싶은
그런 마음입니다.

가끔은
세찬 물결에
다른 배와
부딪치기도 합니다.

만선을 기대하는
어부처럼
조바심이
나기도 합니다.

우리의 여정은
강을 지나
바다로 향해 있습니다.

이제
선착장이 보입니다.

강도
바다도
인연입니다.

저 멀리
선착장도
우리의 인연입니다.

풀꽃

수줍게
웃고 있다.

뒤돌아보게 한다.

오랫동안
머무르게 한다.

아름다운 순간

장미 한 송이
화병에 꽂고

아름다운 순간
놓치고 싶지 않아
온종일
바라보네

하루 지난 후
시들은 모습

얼마나 다행인가?

시들지 않는
꽃이었다면
그 아름다운 순간을
귀하게 생각했을까?

갈매기의 꿈

까만 교복 입고
손에 땀을 쥐며
보았던 영화 한 편

별이 떨어지며
새를 낚아채
하늘로 치솟아
수천 번 되뇌는
대양을 적신 메아리

날자. 날아 보자.
저 높이
뱃머리에 발톱을 움켜잡고
얼마나 고뇌했었나

엄지발가락은
뱃머리가 패이도록
포효하고 있다.

희끗희끗
서리 내리고
바람을 이불 삼아
아득한 수평선 넘어

아!
날고 싶다.
날아 보자.

소리가 있는 봄

투명한 고드름은
줄행랑을 치고

얼어붙은 얼굴들은
비집고 나오는 싹들에
길을 내어주고

꽃잎이
열리는 소리에
개구리도 폴짝거리고

쑥 올라오는 새순이
삐죽삐죽 질투하고

봄은
처연한 이야기다.

모든 걸 이기고
돌아온
사랑꾼인가?

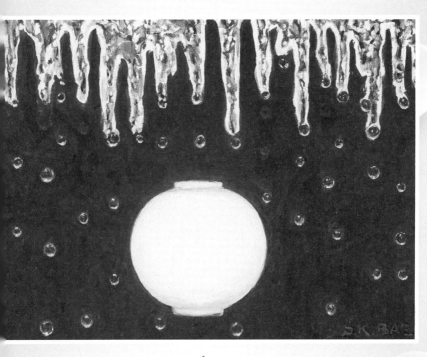

봄은
모든 걸 이기고 돌아온
사랑꾼인가?

아를강의 별빛

산새가 청사에 내려앉듯
별이 아를강에 내려앉았다.

별을 따다 온통 풀어 놓았다.
비친 잔영은 강물을 흔들어 놓고
물고기를 떨림의 감동으로
몰아 넣었다.

붓의 터치는 한 번으로 충분치 않다.
더 하고 또 더 하고
강 깊숙이 등대를 동여매고
동이 틀 때 달아날까?
밤을 보내지 않을 모양이다.

별은 태양이 되어
밤하늘에 떠 있고
신의 선물로
영원과 빛이 대화를 한다.

아!
고흐의 별빛에
흔들리고 싶다.

별빛을 훔칠 만큼
생을 사랑했었나?

매미의 기도

생과 사는
절연된 것이
아니라는 것을
믿습니다.

너무 짧게 주신
이 황홀함을
불평해서도 아니고

혼자이기에
감내해야 하는
외로움 때문도 아니고

그저
기대고 싶은 분께
제 곁을
떠나지 말아 달라는
울부짖음입니다.

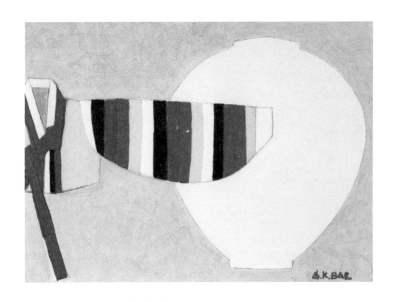

눈두덩이가
부어올라
시야가 가려지는
아픔에도
울 수밖에 없는
이유는

미래를 점지해 주실
그분께
매달려 보채는
아이 같은
저의 투정입니다.
저의 기도입니다.

문

문이
없는데
문을
왜
찾고 있지?

온
우주가
열려 있는데…

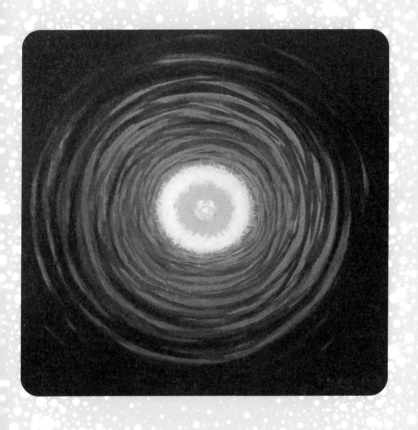

바람

배가 뒤집힐 뻔했다.
휘갈기며
미친 듯 달아나
세월이랑
눈물이랑
쌈해서 보냈다.

따져 물으려
붙잡아도
막무가내
휙 가버리는
저놈들
대답이나 들어보자

어찌
온갖 생채기에
모른 척
시치미 뗄 수 있는지

어찌
정든 이 한 세상
미련 없이
뒤돌아보지 않고
훅 가버릴 수 있는지

올림포스산

구름이
지나간다.
신들이
지나간다.

내려다보고
올려다보고
우리는
천년만년
손끝이 닿기를
그리워했다.

흩어지면
수증기 되는
우리네 인생

2,365미터
높이 인들
달라지랴 마는

제우스
헤라클레스
만나고픈
까닭은

밭 갈고
씨뿌리는
머슴 같은
우리네 인생

오래도록
감사했다는
인사를
하고 싶어서다.

105

임진강 주상절리

영겁의 깊이가
날 깊게 하네

마패라도 꺼낼 듯
용암을 숨겨
역사를 만드니

그 웃는 이유
아무도 알지 못하네

영겁의 깊이가 날 깊게 하네

별

밤하늘
수많은 별

그중에
별 하나가

날
비추고 있네

계절 바꾸기

신이 도전장을 내밀었다.
여름에는 봉선화를
볼 수 없었고
길을 벗어난 논두렁엔
씨가 박혀 있었다.

사랑이라는
이름의 씨앗은
안부를 묻고 싶었던
나의 돌직구에
실눈을 뜨고 보내준
첫 반응

계속 봉선화를 보고 싶다 우겼는데
세월을 넘겨
이번에는 우박을 쏟아냈다.

겨울인가 싶었는데
나의 봉선화는
크리스마스가 지나고
싹이 나기 시작했다.

이 바뀐 계절에
흰머리 할머니는
겨울 다음에
여름이 오는 걸
이제야 알게 되었다.

만년설

지구의 심장 소리가
들리지 않아
하늘이
친구가 되었다.

누군들
따뜻함이
그립지 않을까?

하얗게
하얗게
수만 년 쌓인
내 사랑이

이미
외로운 역사를
이겨 버렸다.

하늘이 친구가 되었다

산

노루 똥
낙엽으로
가리고

재잘대는
산새들
메아리로 보내고

내 허물
큰 그림자로
덮어 버렸네

꽃봉오리

별을
좋아하는 마음으로
몇 날 며칠을
기다렸다.

때로는
새순을 돋우고
때로는
잎을 떨구는
계절의 발자국처럼

벌써
그렇게
시작을 알리고 있다.

나는
누구일까?

나는
무슨 꽃일까?

구름

머물러 있다.
뭔가 두고 온 게 있는 듯

내일은
마음을 비우고 떠나야지
그저 날아가듯 떠나야지

산이랑
바다랑
그리워하지 말고
걱정하지도 말고

내일은

마음을 비우고 떠나야지

이름 없는 꽃

어제 본
이름 없는 꽃

오랜 기다림에
지친 눈빛에

그만
이름 묻는 것을
잊어버렸네

어제 본 이름 없는 꽃

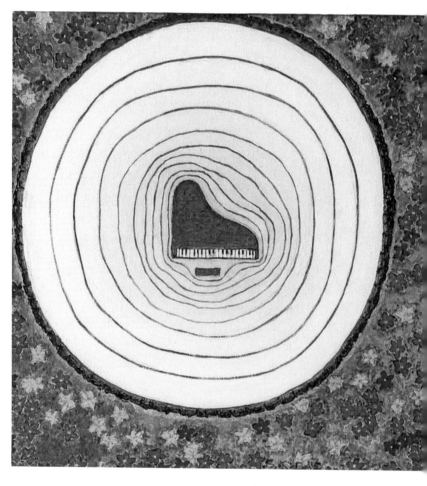

나도 웃고 있다
그 인연으로…

풀꽃 인연

가을 햇빛 속에
웃고 있다.

풀꽃 하나

나도
웃고 있다.

그
인연으로…

그리워서 보고 싶어서

눈이 오지 않는다고
창밖을 보며
중얼거리는 것은
눈을 기다리고 있어서다.

꽃이 피지 않는다고
봄날을
불평하는 것은
꽃을 기대하고 있어서다.

발자국 소리가
들리지 않는다고
문밖을 내다보는 것은
누군가를
그리워해서다.
누군가가
보고 싶어서다.

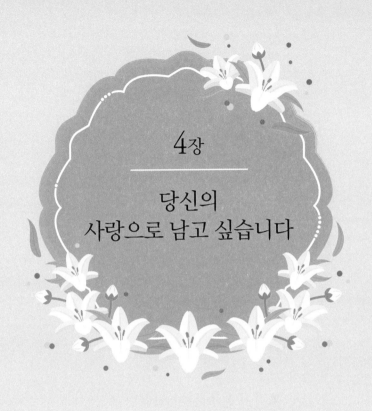

4장

당신의
사랑으로 남고 싶습니다

내가 존재하는 이유

나의 발걸음이 너무 가벼워
지구 저편까지
전달이 안 된다고 할지라도
지구의 섭리에 동참하리

날아가는 새처럼
온 하늘을 누빌 수 없을지라도
세상 언저리에 걸터앉아 있으리

엄마가 되고
누이가 되고
누군가 불러 주는 이름이 있다면
충분히 마음 적시며 웃고 있으리

봄, 여름, 가을, 겨울
뜨락의 소나무가
견디어 내는 세월에
내 삶도 함께 보내리

만약 당신이
꽃이라 불러 준다면
당신의 존재는
내가 사는 이유가 되리

어느 가을밤에

문득 잠이 깨
우주에 혼자 나와 있는
그런 밤

몽골 여행 갔을 때
떠 있던 별이
지금 내 머리 위에 있을 텐데
별은 누가 데려갔는지
팍팍한 시계 소리만 들리네

창밖 이슬비는
늦게 핀 꽃잎
하나하나 적시는데
그리움에 미아가 되어
빗소리를 바라보네

그대는
어디에 계시는지요.
한없이 보고 싶습니다.

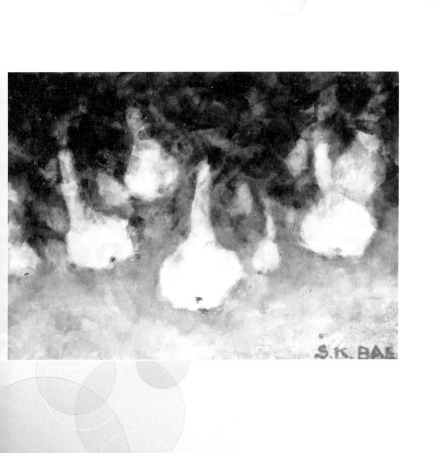

당신 없이

당신 없이
봄
당신 없이
여름
당신 없이
가을
그리고 겨울

당신 없이
꽃이 피고
당신 없이
눈이 오고

어떻게 그게
가능한지요?

어떻게 그게
당신 없이
가능할까요?

당신 없이
봄
여름
가을
겨울

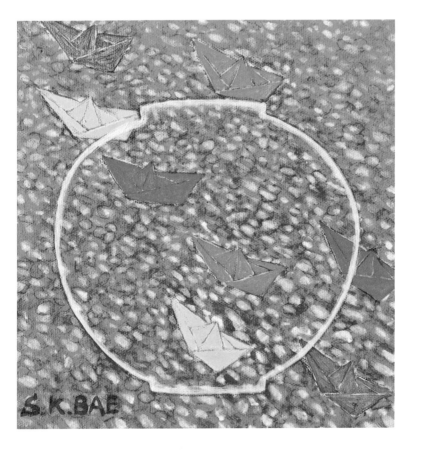

S.K.BAE

마지막 피아노 소나타

저의 인생은
좌절과 고통의
연속이었습니다.

저의 귀는
더 이상 세상의 소리를
인식하지 못합니다.
음악에 대한 욕망은
모든 것과 멀어지는
슬픔이 되었습니다.

이제
당신을 만나기를
소망합니다.
내세로 이어지는 변화를
들어주시옵소서

오른손의
나지막한 소리와

왼손이
하늘로 승천합니다.
푸가는 당신께 바치는
노래입니다.

신이시여!
이제
당신께 갑니다.

이사

살면서
참 많이도 이사했다.
남편은 이 집이 마지막이라고
못을 박았다.

작아 못 입는 옷은
살 빠지면 입어야 하고
결혼식 때 입었던 한복은
너무 소중해 못 버리고

냉장고, 소파, 책상…
사는 데 뭐 그리 필요한 게
많았는지

다음 이사는 어디쯤이 될까?
마지막 이사는
추억, 미련 다 버리고
소유했던 모든 것들을 내려놓고
빈 몸으로 홀연히 떠나고 싶다.

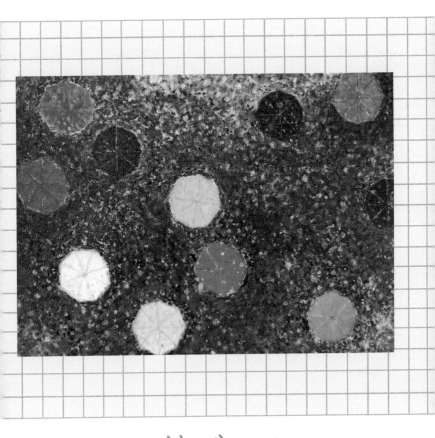

사는 데 뭐 그리
필요한 게 많았는지

내가 살고 싶은 곳

푸른 잔디에
청둥오리 아장거리고

소나무 비스듬히
물에 비추고

붕어가 떼 지어
물비늘 일으키고

따스한 온돌에
푹신한 이부자리 감싸고

그대가 서성이며
날 맞이하는

그런 곳
내가 살고 싶은 곳…

양초

고독으로
몸부림치는
노란 불꽃

치열했던 생을
축복하려
태우고 또 태우고

1분
환해지려
1센티
환생해야 하는

나도 당신도
촛농이 엉켜야
겨우 보이는
그런 생을
살고 있구나

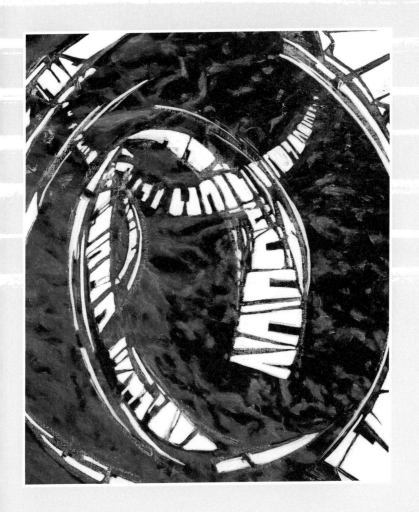

바람 소리

하늘에서
나무 사이로
흐르는 소리
나는
빈 배가 된다.

구멍 노릇
바람 노릇
사람 마음이
그렇구나!

하늘로 난 길
오늘도
마주칠 준비를 한다.

함께 올 인연을
마중한다.

덜어내다

징으로 덜어내
돌덩이가
조각이 된다.

거기에 가기 위해
쌓아 왔던 발자국은
여기에 머무르려
나를 무너뜨린다.

백이 오십이 되고
오십이 일이 되었는데
나는
육십 노인네가 되었다.

드디어
생명체는 자궁 속에서
꿈틀대며 태동한다.

무와 유가
만나기 위해

공동 영혼

흙으로 돌아가
다시 잎이 된다.

바람이 부추겨
스산하게 떨어지니
내 이름은
낙엽이고
또 다른 이름은
생명을 잉태하는
검붉은 흙이다.

내가 웃고 있는지
네가 웃고 있는지
모르기 시작한 게
꽤 시간이 흘렀다.

우리는 공동 영혼이다.

껴안다

바다는 하늘을
안채에 들이고
눈부심은 어둠을 껴안는다.

지나간 시간은
내일의 품에 안겨 있고
가슴을 도려낸 아픔은
세월이 흘려보낸다.

겨울을 안은 봄은
여름을 기다리는데
벌써 가을이
그 품을 비집고 들어온다.

새끼줄같이 엮인
우리 인생
서로 안아보고 싶어서 안달이다.
세상을 부둥켜안고서
그렇게 살고 싶어 한다.

그림자

조금 전 그대가 멈추니
나도 멈췄어
조금 전 그대가 걸으니
나도 걷기 시작했어

점이 선이 되고
선이 입체 면을 부르듯
태초에
내가 없으면
태양도 없고
그늘도 없어

화창한 봄날
나비 날개도 되어보고
스산한 가을날
고향 집도
나른하게 드리우고
또 다른 내가 되는 거지

반쯤 따라 울고
반쯤 따라 웃고
네가 되는 거지
너만큼만 사는 거지

소풍

별에서 지구로
출장을 왔다.
고흐의 아를에
떠 있는 별보다
훨씬 먼 행성에서

'정'이라는 이름의
추억들을 바람에 싣고
홀연히 떠나는 순간

지구로 온 작은 엽서 한 장

'지구에서의 소풍은
아름다웠습니다.'

발신인: 별에서 온 생명체
수신인: 지구 생명체

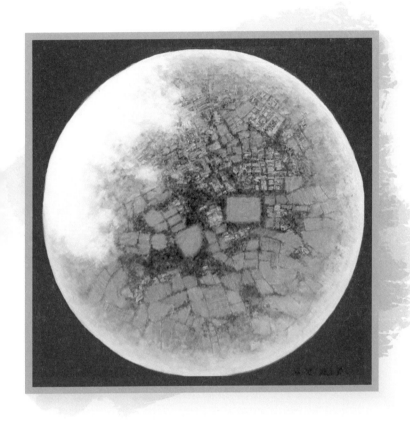

지구에서의 소풍은
아름다웠습니다

꽃같이 살고 싶다

훅 떨어지면
다시 일어나지 못함을
모르는 것처럼
살고 싶다

꽃같이 살고 싶다

한 번쯤은 눈이 부셔
광채가 하늘을 덮어
눈 멀고 귀 멀고
그렇게 살고 싶다

꽃같이 살고 싶다

선홍색 피로 물들어
어느 날 갑자기
땅에 널브러져도
누구에겐 위로가 되는
그런 삶을 살고 싶다

꽃같이 살고 싶다

지나간 자리에
꽃말이 영원히 회자되어
내 귀에 들려오는
그런 삶을 살고 싶다.

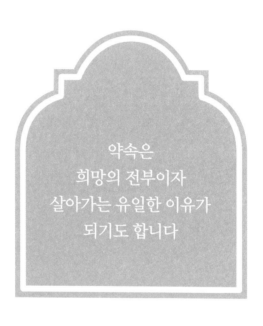

약속은
희망의 전부이자
살아가는 유일한 이유가
되기도 합니다